S e n t a k u s h i n a n t e n a i n o s a

選択肢なんてないのさ

句ノ一川柳句集

Kunoichi SENRYU Collection

新葉館出版

川柳句集

選択肢なんてないのさ

目次

川柳句集

選択肢なんてないのさ

おめでとう　もひとつ坂を差し上げる

どちらかと言えば私は女です
いざという時は男の声になる

寂しさを癒してくれた淋しい子
囀りのうしろに一人無口な子

履歴書のかわりに啖呵切ってくる
んの字でラッシュアワーの波に乗る

前世は火炎放射器ですか君
まぜ御飯の中にときどきテロリスト

そういえば太郎を壺に入れたまま
ステイホーム明けてメロスは走りだす

才能の芽ならば母が摘みました
がんばれがドクンドクンと脈を打つ

紐付きのヒモと遊んでいる時間
雀卓を囲むゴドーを待ちながら

青年に着せたら似合いそうな空
残念なイケメン滑舌が悪い

ロキソニンまた母さんが呼んでいる
スキップで帰ったこともある我が家

ご令嬢お探しものは喉ぼとけ
とりあえず帰って来たね　nobody

こんな時ミュージカルなら歌い出す
その唇ぼったくらせてもらいます

あっぱれな開脚でした冬の虹
抱擁にプチプチ切れるしつけ糸

どの位好きか定規をあててみる
けっこうなお手前でした春のキス

恋人と闇を一周してこよう
エクスタシー歌い出したら止まらない

蛞蝓の二十七画うごきだし

とりあえず蝶のかたちで会いに行く

アガパンサスここで折れちゃおしまいよ

金魚鉢ひとりになってから長い

産声にドンと天体望遠鏡

生きとし生けるもの

逆光を背にワクチンの列にいる

コロナ砂漠もういいかいまーだだよ

顔面に皺をあつめて見るスマホ

油蝉息子の部屋は閉じたまま

青年と風の連弾街ピアノ

母さんの刺繍に蝶が寄ってくる
働いて働いた手に旅切符

うな重の米はたっぷりあるのだが
御先祖様田んぼに水が入ります

この猫に仕掛けてないか盗聴器
わたくしの品種改良ネコに成る

飛ぶ人に猿キジ犬がぶら下がる
バラバラの家族をつなぐ一大事

入試まで三日今夜は吠えてみる
試験場もう勝敗はついている

幸せなピアノ毎日叩かれる
風船を持たせて子供らしくなり

ゲンキデス言ったとたんに砂を吐く
唐変木ひかりの道はここよ此処

傷つけぬよう正論は平行に
逆さまに見てもあなたのありがとう

天井に浮いているのはお父さん
漱石もボロボロだった歯科の椅子

捺印に集中力はこれくらい
実印を真ん中にしてハッケヨイ

ファイティングポーズはよせよ夫婦だろ

半径は年金で書く夫婦の輪

死者は星　生者は兵になれと言う
ほんとうのボスは茶室の中に居る

すいませんここはどなたの海ですか

神さまを下取りします　ジャパネット

反論に猫のしっぽで立ち向かう
母だってスマートフォンで援護する

先頭に桃井かおりが居て無敵
匿名の視線で夫見ています
高齢の順にたそがれ券配る
玉手箱開けてないのにおじいさん
外される前に梯子は蹴りなされ

倫理の時間です

アザミねと言われた少女薔薇となり

一族の鼻を照らしている月夜

履歴書の裏に自画像描いてある

うつくしい嘘にきれいな相槌を

明日のためここは笑っておく夕餉

女優です種も仕掛けもございます
露天風呂うかぶ乳房の多様性

いじめっ子一年前は耐えていた
善人に会うとくしゃみが止まらない

ダダダッと乗り込んで来たダビデ像
「サビーイ」と叫んだままの滝凍る

さよならの裏と表を考える
五分後も五百年後も君　全裸

お姉さん笑う門には良い話

一円は一円なりの身のこなし

除菌腹筋ワクチンも致しましょう
あなたソレ婦人体温計ですよ

この音は宮崎駿さんですね
ウグイスと言われてちょっと鳴いてみる

ちりぢりの星を繋いでサァ家族
白鳥になるまで褒めるアヒルの子

ご返事は一糸纏わぬわたくしで
左折します　尻を左に振ってみる

血圧をお測りします赤い月

この星に羽生結弦というイズム

闘っているのは数字　老いじゃない
老衰の予防接種は受けません

ひかりだとしても明るいもんじゃない
お屋敷の薔薇人質に草の陣

三人が寄ってても出ない女優の名
口に泡ためてどうでもいい話

おまわりさん見ると尾行をしたくなる
だるまさんころんだ尾行されている

日陰から眺める夏の生者死者
尖らせておこう尖っているところ

その下は吹雪

年表を振ると戦が降ってくる
自衛隊ヘリから垂らす蜘蛛の糸

地球ではドンと花火やミサイルや
判定はどっち神の眼カメラの眼

九条の水鉄砲で援護する
手に入れた翼にナビが付いていた

勝ったのは道を譲ってくれた人
グイグイとやって下さい目出たい日

老犬に老人夕暮れは速い
「ふつう」って言うけどすべて持ってるね

歓声が遠い組体操の脚
なんか変　この抽斗の息づかい

年金という風呂敷の大と小
神さまの派手な裏地を見てしまう

冥福をお祈りします釈メダカ

このトマトどなたの汗を知るトマト

配達の少年雨は上がったね
シャーペンをポキポキ強いわけじゃない

ＩＱの順に翼を与えられ
若者の舌にのせたいセリ茗荷

ちぐはぐな家族覗けばスマホ脳

ロイヤルストレートフラッシュの家系

きのうまで少年だったアワダチ草
煩わし空の青とか家族とか

百畳の広さは知らぬ文机
リビングの象の呼吸をたしかめる

身長がほしいと思うガラス拭き
先生も踊ってみせるＢＴＳ

夫には内緒たてがみ生えてきた
たてがみをショートカットにして海へ

決闘に出かけた兄のペン回し
香水に消臭剤をふりかける

クレーン車に吊り上げられた「さようなら」
コスモスのような男子を従える

孑孑の宇宙遊泳コッンコッン
生と死のあいだ蜉蝣の羽ばたき

君と行くみどりきみどり雨もよし
しおりにでもどうぞ今宵の三日月

寝ころんで反転させる空・桜

退院の空にべっぴんさんの富士

褒められて持ち上げられて散りました
水飲み場もんしろ蝶をプッと吐く

アイメイク青年の裾ひるがえる
読書する少年の耳すきとおる

上質の黒で雑音遠ざける
重なった息が迷路になっている

お守りをつけてあげましょ垂れ梅

親友を紹介します春の月

引き返す人から貰う無駄なもの
兄弟のルールブックは兄が持つ

ライオンの母を見かけた特売所
神さまが百の手前で連れに来る

ゲーテには光をボクに内定を
一人では死ねない人は通りゃんせ

墓標にはマイナンバーが刻まれる
お役所の礼儀正しき怠け方

相棒のバクに退職金はずむ
メダカなら小鳥ならばと雨の中

$\sqrt{\text{絆}}$々々　有理化をせよ

アゲハ蝶のみこんだ眼はゲイですね
中心のない円周を求めなさい

蛇踏んできたか息子の眼が光る

ほがらかな人の鞄に胃腸薬

過去未来どちらにピント合わせます
みみずくが棲みつく膵臓の辺り

石の背にイスとあるなら椅子だろう

究極の淋しさ電柱を担いで

太郎に逢えた次郎に逢えた空の青
ひとつだけ得意があって愛される

クワガタが死んだお家はただの箱
近づくと少年だった青い薔薇

何とでも言えるアンタは外の人
リカちゃんはリカちゃんなりの反戦歌

ささやかなささやかな父の息抜き
父の愛ホームビデオの中にある

哲学と遊ぶガラクタ玩具箱

生き急ぎ死に急ぐ人　炎天下

表札の代わりに石を座らせる
冠門猫の尻尾が通ります

死面はみんな小顔になるんだね
死にますかアイシニマスと消えた虹

君が代の二番の歌詞を考える

どの国の嘘を受け入れたらいいの

川端と三島の書簡　月冴える
道しるべ「方程式はご自分で」

豪雪の下に天使がうずくまる
嘘つきの枕詞か「ほんとうは」

百年の命　たえられるだろうか
鮨詰の大縄跳びを出られない
真夜中にガサッと落ちる砂時計
光より速く遠くへ宅配便
辛くても逆走してはいけません

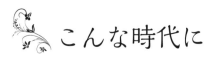

叫んだらスマートフォンに囲まれる
しゃっくりの持久力ならまだ負けぬ
もう少し待たせておこう終電車
エレベーター最上階は天の川
自叙伝のラストは「ん」で終わりたい

向き合って一人称は息苦し
眼力が内に向いたら恐ろしい

針の穴通してみせるパパラッチ
ロッキングチェアー見ているパイプ椅子

冤罪は無いかと壺を割ってみる

国民のお口直しに給付金

ライオンよ怠惰ぐらいで丁度よい
転がってみようきれいな下り坂

幾千の主演女優が舞う桜
ブータンからお見えの人にさくら餅

名月や屋根から屋根へウォーキング
クサカンムリ被ればなれるかな

ちょうどいい所にロープ架けてある
あっ、なみだ、やがてザンザン降りの家

おんなにはおんながいいの昼の月
駅前でお背中お掻きします　ツル

来世では鳥に生まれてくる柱

元素記号ぜんぶ言えます無職です

ロボットを相手にシャドーボクシング
黒板を背負い退職いたします

口中に飴玉夕陽落ちていく
さくらさくら玉三郎に散るさくら

行列の先に小さな水飲み場
死は一度感想文は書けません

キンキンに冷やした言葉お出しする
履歴書の学歴まではうつくしい

テロリストに遭遇したら百合になる
落書きのできぬ本気の白である

化粧みな落ちて真夏の交差点
満面の笑顔でならぶ新刊書

愛人と秘書を両立しています

くちびるはCO^2を吸うところ

見せしめのように絆が立っている
5の5乗五人家族の窓の数

切り口の違うあなたを見せられる
限界は民主主義とか小皺とか

お屋敷がつづく忍者になって行く
躓いた石にお礼を言いましょう

選択肢なんてないのさ　ハムレット

あとがき

高齢者と位置づけられるようになってから夢を見なくなった。記憶力の低下は勿論、目覚めて覚えていないということは、記憶に値しない断片的な、しょうもない夢なのだろう。作家の夢枕獏氏がエッセイで、齢を取っていちばん寂しいと思うのは、夢を見なくなったことだ。と書いていた。彼の創作の源は夢であった、と。

自慢するつもりはないが、四十代五十代の私は夢を見る天才だった。現実ではとても書くことのできない脚本を、黒澤明監督なみの映像に仕立て、涎をたらし鼾をかき、歯軋りをしながら展開できた。途中、厠に立っても夢の続きを見ることもできた。今思うと、私の全盛期だったのだろう。

六十代に入り、日々、脳内のネットワークがパチパチと切れる音が聞こえるようになった頃から、夢も途絶えた。そして今、七十代に突入した。このまま行くと、作句どころか、川柳？　川柳って、どちら様？　などと成りかねない。

そこで、十数年前に意気揚々と編んだ句集「浮く。」に続き、句集「選択肢なんてないのさ」を、ヨタヨタと出版させて頂いたわけである。天国の夢枕獏さん、あと数年後には、スマートウォッチで夢を録画し、いつでも再生できる世になりますよ。長生きはするもんだ、かもしれません。

去年、四十年以上続けてきた塾講師の仕事にピリオドを打った。勿論、開放感は大きいのだが、私の能力の半分以上を使ってやってきた仕事である。この先の数年数十年、何を張りに生きてゆこうか、と考える。コロナ禍で外出も減り、終日、日向ぼっこのような生活を続けていたら三キロ太った。無職故に、自分を試される事もない。それはそれで気楽で気に入ってはいる。しかし、人生百年走だとしたら、ここからゴールまで流すにはまだ早いだろう。何と言っても、一生の大仕事である「死」がまだ残っているのだから。
そこで、句集を出版するにあたり、自分の応援歌を決めよう、と思い立ったのである。ケルテック・ウーマンの歌う「ユー・レイズ・ミー・アップ」

You raise me up,
so I can stand
on mountains
・・・to more than I can be
(ブレンダン・グラハム作詞より抜粋)

あなたがいてくれるから私は頑張れる。私にとって「ユー」は、家族、親友。時に寛容に、時に厳しく突き放し、見守ってくれる。そしてもう一つの「ユー」は川柳、川柳の仲間であり同志。彼らは、怠け者の私を刺激し、前へと歩かせてくれる。この曲をまだ聴いたことのない人は是非、ネットで検索してみてください。縁あってこの句集を手に取って頂いた皆さん、あなたにとって川柳がたいせつな「ユー」になりますように。

句集を出すにあたりお世話になった新葉館のスタッフ、柳都川柳社の大野風柳主幹と同人の皆様、川柳さくらの愉快な同志、そしてそして、読者の皆さんに、感謝を！

二〇二三年三月吉日

句ノ一

【著者略歴】

句　ノ　一（くのいち）

静岡県伊豆の国市在住。
平成 12 年頃より川柳を開始。
柳都川柳社同人
NHK 学園川柳講師
川柳さくら同志
川柳マガジンクラブ静岡句会世話人
著書に「浮く。」。

選択肢なんてないのさ

○

2023 年 4 月 22 日　初版発行

著　者
句　ノ　一

発行人
松　岡　恭　子

発行所
新　葉　館　出　版
大阪市東成区玉津 1 丁目 9-16 4F　〒 537-0023
TEL06-4259-3777　FAX06-4259-3888
http://shinyokan.jp/

印刷所
明誠企画株式会社

○

定価はカバーに表示してあります。

ISBN978-4-8237-1083-4